SHOGUN DRACHENGOTT

DU BIST DER SOHN EINER HURE

RELIGION IST DEIN GEFÄNGNIS

www.novumverlag.com

Bibliografische Information der Deutschen Nationalbibliothek:

Die Deutsche Nationalbibliothek verzeichnet diese Publikation in der Deutschen Nationalbibliografie. Detaillierte bibliografische Daten sind im Internet über http://www.d-nb.de abrufbar.

Alle Rechte der Verbreitung, auch durch Film, Funk und Fernsehen, fotomechanische Wiedergabe, Tonträger, elektronische Datenträger und auszugsweisen Nachdruck, sind vorbehalten.

Gedruckt in der Europäischen Union auf umweltfreundlichem, chlor- und säurefrei gebleichtem Papier.

© 2023 novum Verlag

ISBN 978-3-99107-836-4
Lektorat: Linus Katzner
Umschlagfoto:
Sakkmesterke | Dreamstime.com
Umschlaggestaltung, Layout & Satz:
novum Verlag
Innenabbildungen:
Seite 21 © Imaengine | Dreamstime.com
Seite 32 © Andrey Popov | Dreamstime.com
Seite 33 © Tarragona | Dreamstime.com
Seite 35 © Siloto | Dreamstime.com

www.novumverlag.com

„Du Hurensohn!" „Deine Mutter ist eine Hure!"
„Du bist der Sohn einer Hure!"

Was macht das mit dir, wenn du solche Sätze liest oder gar hörst? Bist du beleidigt? Oder ist es dir egal?

Am wichtigsten ist diese Äußerung: „Du bist der Sohn einer Hure!" Meine ich genau so – denn das bist du! Dasselbe gilt, wenn du eine Frau bist. Du bist dann einfach die Tochter einer Hure. Und – nein! – ich entschuldige mich nicht dafür. Aber ich will dir erklären, warum ich dir so etwas an den Kopf werfe:

Seine Eltern kann man sich doch nicht aussuchen, magst du sagen. Da werde ich dir widersprechen: Du bist dir dessen nur nicht bewusst. Ich dachte auch so früher, bis ICH zusätzliche Erkenntnis gewonnen habe. Aber – spekulativ –, selbst wenn das stimmen sollte, dass man seine Eltern nicht aussuchen kann, so wirst du mir zustimmen, dass du einen freien Willen hast, auch wenn du an Schicksal glaubst und daran, dass alles vorbestimmt ist. Beim Schicksal ist es tatsächlich nämlich so, dass nicht alles vorbestimmt ist. Der freie Wille und einige Aussagen aus der Bibel haben in mir die Überzeugung genährt, dass wir uns bereits vor unserer Geburt die eigenen Eltern aussuchen. Ob du das genauso erfassen kannst, lasse ich jetzt einmal im Raum stehen. Ich bin überzeugt davon, dass wir unsere Realität ab Geburt an selbst gestalten. Jesus wurde der Sohn eines Zimmermanns genannt. Ähnlich verhält es sich mit der Aussage „Du bist der Sohn einer Hure". Hier ist es der Hintergrund der Mutter, der den Ausschlag gibt, dass ich dich so nenne. In diesem Buch geht es darum, dass man seine Mutter wählen kann.

Wir sind alle nur spirituelle Wesen in einem Körper. Gott „Jehova" sprach: „Lasst uns Menschen machen in unserem Bilde." Diese Aussage im Plural deutet darauf hin, dass mehrere Geistwesen, die man auch als außerirdisch bezeichnen kann, auf die Erde gekommen sind. In einigen Schriften taucht das hebräische Wort *elohim* im Plural auf, so auch in dieser zitierten Äußerung aus der Bibel. Es ist wichtig, zu verstehen, wie die Botschaft zu verstehen ist, dass mehrere Elohim ihre geistigen Körper zu physischen Körpern verdichtet haben. So entsteht für Bibelleser folgende Frage: Warum berichtet dann die Bibel nur von zwei Menschen?

Ist die Aussage so zu betrachten, dass einfach mehrere Geschöpfe am Projekt Mensch beteiligt waren, dann wäre die Antwort klar. Wurden aber mehrere Geschöpfe zu Menschen, dann liegt die Antwort, warum der Fokus auf nur zwei Menschen gerichtet wird, darin, dass diese eine bestimmte Handlung vorgenommen haben, die das ganze Universum erschüttert hat. Ich habe schnell gemerkt, dass ich kein Teil dieser Welt bin, respektive nicht von dieser Welt bin, das hat sich bestätigt. Der Mensch ist ein Akt der Schöpfung, der auf Lichtwesen, Geschöpfe, die gerne als Engel oder Götter bezeichnet werden, zurückzuführen ist. Ich bezeichne sie auch gerne als *geistige Wesen*. In den spirituellen Schriften (wie Bibel, Koran, Tanach und andere) wird die Quelle auch als Gott bzw. göttlich bezeichnet, und somit haben alle Menschen auch heute Ursprungseltern. Damit meine ich nicht die biologischen Eltern, sondern unsere Eltern, deren Ursprung wir bei der Inkarnation vergessen haben. Ist das nicht interessant? Möglicherweise hörst bzw. liest du das zum ersten Mal.

Unsere Ursprungseltern übertragen unser Leben in den physischen Körper, den wir gewählt haben, oder wir suchen uns Menschen aus, die bereit sind, unsere Seele zu empfangen: die Empfängnis. Die Inkarnation ist ein Akt von der Geist- in die Fleischwerdung. Der sexuelle Akt wird dafür gewöhnlich genutzt. Sprich: Wir geistige Wesen suchen irdische Menschen aus und nutzen den sexuellen Akt, um als Spermium die Eizelle zu befruchten. Wir geistige Wesen sind auch in der Lage, Leben direkt zu übertragen. Die Geburt Jesu veranschaulicht das: Der Engel Gabriel übertrug das Leben des Erzengels Michael in den Schoß der Maria. So verfahren auch wir, weshalb ich eingangs auch beschrieben habe, dass wir uns die Eltern aussuchen. Ob du diese Erklärung annehmen oder verwerfen möchtest, obliegt dir.

In diesem Buch geht es um eine bestimmte Mutter, weswegen ich erkläre, dass du der Sohn einer Hure bist. In der Bibel erfahren wir, dass es auch die Mutter droben gibt (Das Jerusalem im Himmel, Galater 4:26, Hebräer 12:22). Dieses Buch klärt dich auf, was unter der großen Hure Babylon zu verstehen ist, und warum es wichtig ist, die richtige Mutter zu wählen. Und WARUM du sofort deine Religion verlassen sollst.

Die Entwicklung der Religion hilft zu verstehen, was mit der großen Hure Babylon (beschrieben im 17. und 18. Kapitel des Bibelbuchs Offenbarung) gemeint ist. Weil wir spirituelle Wesen sind, haben wir von Anfang an das Bedürfnis in unserem Körper, das Göttliche zu suchen. Dabei haben wir uns der Religion bedient. Schon unsere Urahnen haben – wie heute noch Urvölker aufzeigen – Rituale und Glaubensprinzipien angewandt, um Übersinnliches begreiflich zu machen. Die Religion von heute hat aber nachweislich ihren Ursprung in Babylon. Das im Hinterkopf zu behalten, hilft, die Vers-für-Vers-Betrachtung der Kapitel 17 und 18 aus der Offenbarung zu verstehen!

BABYLON, DIE GROSSE HURE

„Und einer von den sieben Engeln, die sieben Schalen hatten, kam und redete mit mir, indem er sprach: ‚Komm, ich will dir das Gericht über die Große Hure zeigen, die auf vielen Wassern sitzt, mit der die Könige der Erde Hurerei begingen, während die, welche die Erde bewohnen, mit dem Wein ihrer Hurerei trunken gemacht wurden.' Und der Geist Gottes trug mich in eine Wildnis hinweg. Und ich erblickte eine Frau, die auf einem Scharlachfarben wilden Tier saß, das voll lästerlicher Namen war und sieben Köpfe und zehn Hörner hatte.

Und die Frau war in Purpur und Scharlach gehüllt und war mit Gold und kostbaren Steinen und Perlen geschmückt und hatte in ihrer Hand einen goldenen Kelch, der voll von abscheulichen Dingen war, und sie trank das Blut von Heiligen und den Zeugen Jesu. Auf ihrer Stirn stand ‚Babylon, die Große Hure, Mutter aller Huren'." (Offenbarung 17:1-6)

Eine Zusammenfassung des Kapitels 17: Das wilde Tier stellt sieben Könige dar, fünf sind gefallen, einer ist bereits, der andere noch nicht gekommen. Die fünf Könige, die gefallen sind, beschreiben fünf Weltmächte aus der Vergangenheit. Der eine, der bereits gekommen ist, steht zum Zeitpunkt der Niederschrift für Rom. Der andere, der noch nicht gekommen ist, zeigt die Weltmacht der Zukunft an – **die angloamerikanische Weltmacht. Da die Könige Weltmächte darstellen, kann die Darstellung der Hure somit nicht politisch verstanden werden.**

Die Wasser, die du sahst, wo die Hure sitzt, bedeuten Völker und Volksmengen, Nationen und ihre Sprachen.

Somit übt die Hure Herrschaft über Menschen aus. Das wird noch deutlicher, wenn erklärt wird, dass kein Musikinstrument in ihr gehört wird. Noch werden Hochzeiten feierlich abgehalten oder Bräuche zelebriert werden. (Offenbarung 18)

Im 18. Kapitel möchte ich den Fokus auf den vierten Vers legen. Dort werden die Menschen von Jesus höchstpersönlich aufgefordert: **„Geht hinaus aus ihr, mein Volk."** Diese Aufforderung ist klar und deutlich. Nimm sie ernst!

Warum solltest du sie ernst nehmen? Einfach gesagt: Babylon, die große Hure, ist die Religion. Religion hat nebst der Politik die größte Macht über Menschen ausgeübt – und das gilt für jede Religion, sogar für deine Glaubensgemeinschaft. So lange du Teil einer Religion bist, bist du der Sohn einer Hure. Denk darüber nach. Willst du der Sohn einer Hure sein? Denk an meine Fragen am Anfang. Wenn es dir nichts ausmacht, dann wirst du nicht weiterlesen und keine Veränderung wollen. Andererseits sollte es dir wichtig sein, kein Teil der Religion zu sein, da sie verschwinden wird.

Die katholische Sekte wie auch die reformierte Sekte und andere Glaubensgemeinschaften werden durch die Politik in Zukunft verwüstet werden, wie es sinnbildlich beschrieben wird. Wenn du dich damit abmühst, wirst auch du verschwinden. Nur diejenigen, die die Worte Jesu umsetzen können, werden die wahre Spiritualität erfahren – *die Mutter droben* sowie *das himmlische Jerusalem*. Denn nur wer Teil des großen Ganzen wird und sich mit Gott als Quelle alles Spirituellen anvertraut, wird den wahren Glauben leben.

Denn als Jesus auf der Erde war, wollte er niemals, dass seine Ideen zu einer Religion werden. Er wollte, dass alle Menschen im Glauben vereint sind. So wie geschrieben steht, dass Abraham der Vater aller Gläubigen ist. „Jehova ist der Gott Abrahams, Isaaks, Ismaels und nicht der Toten." So sprach mein geistiger Vater, der Erzengel Michael, zu Moses. Zu diesem Zeitpunkt waren Sie tot, aber in den Augen Gottes lebendig. Jesus hatte die großartige Vision, dass Menschen lernen sollen, dass sie Brüder und Schwestern sind – in Liebe und im Glauben vereint.

Es war nie vorgesehen, dass es drei sich rivalisierende Religionen geben sollte. Keine Christen, Muslime, Juden – und nebenbei auch keine anderen Religionen.

Gibt es eine wahre Religion?

Für einige Jahre meines Lebens war ich der festen Überzeugung, dass es diese gibt, weil alle anderen falschliegen müssen. Die Zeugen Jehovas vermitteln einem, in der wahren Religion zu sein. Aber schnell lernte ich, dass diese Maxime auch die anderen Religionen für sich beanspruchen. Vorweg konnte sogar in der Zeitung einmal gelesen werden, dass die katholische Sekte diesen Anspruch hat, was dazu geführt hat, dass die reformierte Sekte und ihre Mitglieder sich empört haben.

Das Wort Religion kommt aus dem Lateinischen und heißt eigentlich Anbetung. Anbetung ist mit Glauben verbunden. Und – ja! – es gibt den wahren Glauben, allerdings keineswegs eine wahre Religion.

Glaube ist Spiritualität, die sich dadurch auszeichnet, dass spirituelle Wesen an einen Gott glauben, gerne Lobgesänge singen, beten sowie Schriften und Erkenntnisse austauschen. Glaube bedeutet auch, gemeinsam für das Wohl unserer Mitmenschen eintreten zu wollen. Wollen wir mal prüfen, was die Bibel über Glauben aussagt.

WAS SAGT DIE BIBEL?

„Dennoch kommt die Stunde, und sie ist jetzt, wo Gläubige den Vater mit Geist und Wahrheit anbeten werden; denn in der Tat der Vater sucht solche Menschen. Gott ist ein Geist ..."
(Johannes 4:23,24)

Gott wünscht Menschen, die erkennen, dass Gott Geist ist, ein spirituelles Wesen, das an Wahrheit interessiert ist. Der Mensch ist nach dem Ebenbild Gottes erschaffen – ein spirituelles Wesen in einem Körper, das versucht, die Göttlichkeit in sich selbst und das Göttliche, sprich Gott, zu erfassen. Jeder einzelne kann und soll sagen: ICH BIN, DER ICH BIN. Für diese Erkenntnis braucht es keine Religion, sondern nur Glaube, um sein ICH und den Daseins-Zweck zu verstehen. Schauen wir weiter!

„Lasst uns an der öffentlichen Erklärung unserer Hoffnung ohne Wanken festhalten, denn treu ist er, der die Verheißung gegeben hat. Und lasst uns aufeinander achten zur Anreizung zur Liebe und zu vortrefflichen Werken, indem WIR das Zusammenkommen nicht aufgeben ..." (Hebräer 10:23-25)

Der Glaube soll öffentlich verkündet und mit anderen Menschen geteilt werden. Ebenso sollen andere spirituellen Ansicht angehört werden. Das tun Menschen, indem sie zusammenkommen und einen Gedankenaustausch pflegen. Bei diesem Zusammenkommen sollen Gespräche uns gegenseitig anregen, aus Liebe zu wirken.

Wo soll dieses Zusammenkommen stattfinden? In einer Kirche, Königreichsaal, Hotel oder gemieteten Räumen?

Viele Glaubensgemeinschaften vereinnahmen diesen Vers für sich, indem SIE erklären: „Nur bei uns bist du richtig!" So kommt es, dass Katholiken unter sich sind, die Reformierten unter sich sind, die Zeugen Jehovas unter sich sind, die Adventisten unter sich sind sowie alle anderen Religionen in kleinen oder großen Gruppen. So wirken Religionen trennend.

Ein geistiges Wesen trifft sich mit anderen Menschen spiritueller Natur und erfreut sich an der Vielfalt an Erkenntnis – man ist nicht Christ, Jude, Muslime, Buddhist, katholisch, reformiert etc., sondern nur ein spirituelles Wesen. Wenn du aus der katholischen Sekte austrittst, so gibst du aus ihrer Sicht das Zusammenkommen auf, obwohl du vielleicht jetzt in einer anderen Glaubensgemeinschaft bist. Wie kommt man dazu, dir zu sagen, du hättest das Zusammenkommen aufgegeben?

Als spirituelles Wesen ist dir das Zusammenkommen wichtig – aus dem Grund braucht Glaube keine Religion. Du kannst jederzeit überall mit Gleichgesinnten oder weniger Gleichgesinnten zusammenkommen. Mit weniger Gleichgesinnten meine ich, dass du als spirituelles Wesen nicht jede Meinung akzeptieren muss, aber ihr respektvoll begegnen kannst. Dir ist es egal, denn Religion gibt es für dich nicht.

„Die Form der Anbetung (Religion) – oder besser gesagt: des Glaubens –, die vom Standpunkt unseres Gottes und Vaters aus rein und unbefleckt ist, ist diese: nach Waisen und Witwen in ihrer Drangsal zu sehen und sich selbst von der Welt ohne Flecken zu bewahren." (Jakobus 1:27)

Der wahre Glaube zeichnet sich dadurch aus, dass er für Waisen und Witwen da ist – sich also durch Solidarität auszeichnet. In der Zeit der Coronavirus-Krise wurden für einen begrenzten Zeitraum Kinder von ihren betagten Eltern in Pflegeheimen getrennt. Das sollte keineswegs sein und es ist keinesfalls zulässig, dass der Staat so etwas verordnet. Es ist für ein spirituelles Wesen, wie du es eben bist, schmerzlich, diese Erfahrung machen zu müssen.

Du bist nicht von Religion abhängig bezüglich Solidarität. Der Glaube alleine zeichnet sich durch das Handeln aus. Der Glaube ist ohne diese Werke tot. Der Glaube bietet Trost, fördert Kommunikation, ist Heilung, Schutz und Liebe.

„Ich wünsche aber, alle Menschen wären so wie ich selbst. Dennoch hat jeder seine eigene Gabe von Gott bekommen."
(1. Korinther 7:7, 12)

Ein geistiges Wesen hat von Gott eine Gabe/Lebensaufgabe bekommen und manchmal mag er mehrere Talente haben. Ich bin Shogun (Peter Wehrli). Meine Gabe ist Schutz, auch Lehren ist ein Talent. Ebenso Singen und Schreiben – beides mache ich mit Begeisterung. Im 12. Kapitel des 1. Korinther Briefs werden einige Gaben angeführt. Es sind: Lehren, Heilen, Sprechen, Singen. Welches ist deine Gabe? Meine Gabe – wie erwähnt – ist Schutz. Ich schütze Leben und heilige Dinge. Auch HIER verhält es sich so, dass Gott oder das Göttliche DIR die Gabe gibt. Und vieles hast du von deinen Ursprungseltern geerbt. Es ist nicht die Religion, die bestimmt, wer und was du bist, sondern das Göttliche und du selbst.

Schaut man alle Religionen an, zeichnen sie sich durch diese Punkte im Wesentlichen aus:

- Glaube
- Beten + Singen
- Zusammenkommen
- Liebe/Förderung
- Solidarität und Unterstützung durch verschiedene Gaben

Wenn Religionen sich darin übereinstimmen, warum agieren sie trennend? Warum glaubst du, du müsstest dich entscheiden, ob du jetzt Christ oder Jude oder Moslem bist?

Ein geistiges Wesen hat die Worte Jesu „Geht aus ihr hinaus, mein Volk" dadurch umgesetzt, indem es der Religion den Rücken gekehrt hat. Solange du dich innerhalb einer Religion befindest, wirst du in den Augen Gottes als Sohn/Tochter einer Hure betrachtet werden.

Der Glaube streitet nicht über das Gottesverständnis anderer Menschen, sondern wächst, indem Altes mit Neuem verknüpft wird bzw. Altes komplett aufgegeben und Neues bereitwillig angenommen wird. Der Glaube lässt dich erkennen, dass du Gott bist, dass du ein göttliches Individuum bist.

Dieser Glaube wird außerhalb der Religion gelebt. Und das ist gut so. Glaube (nicht Religion!) ist es, was die Menschen vereint. Aber dieser Glaube kann nur entstehen, wenn du die Worte Jesu in deinem Leben umsetzen möchtest. Nämlich: „Geh aus IHR hinaus, mein Volk." Es ist an der Zeit und wichtig für dich, kein Sohn einer Hure mehr zu sein. Wenn du es bleiben würdest, würdest du mit IHR untergehen. Wie soll man das verstehen?

Schau dir die Worte aus der Offenbarung (Kapitel 17 und 18) noch mal genau an. Wir lesen, das wilde Tier wendet sich gegen diese Hure. „Und die zehn Hörner, die du sahst und das wilde Tier, diese werden die Hure hassen und werden sie verwüsten und nackt machen und werden ihre Fleischteile auffressen und werden sie gänzlich mit Feuer verbrennen. Denn Gott hat es ihnen ins Herz gegeben, seine Gedanken auszuführen, indem sie ihr Königtum dem wilden Tier geben, bis die Worte Gottes vollbracht sein werden." (Offenbarung 17:16-18)

Diese Beschreibung deutet auf eine gewaltige Veränderung der Religion hin. Das politische System würde die Religion nackt machen. Nacktmachen im biblischen Sinn bedeutet, Wahrheiten aufdecken, aufzeigen, welche gräuliche Taten Religion verübt: Kindesmissbrauch durch Geistliche; finanzieller Gewinn durch eine eigene Bank und Finanzierungen von korrupten Geschäften; Verfolgung und Krieg, indem die Gläubigen aufeinander losgehen wie wilde Tiere; Religionskriege, wo Andersgläubige durch Terror getötet werden.

Orthodoxe Kirchen haben in den letzten Jahren andere christliche Glaubensgemeinschaften verfolgt – unter anderem die Zeugen Jehovas in Russland, teils mit politischer Unterstützung. In einigen muslimischen Ländern werden ebenfalls Christen und Andersgläubige bedroht oder getötet. Ebenfalls mit politischer Unterstützung. In der Schweiz wurden Minarette und Burkas durch politische Entscheidungen bekämpft. Die Politik hat auch schon Entscheidungen getroffen, dass Kreuze in Schulen nicht mehr hängen dürfen.

Weltweit kann man seit geraumer Zeit erkennen, dass Politik immer mehr gegen Religion vorgeht. Einige Menschen sind aufgrund der Religion sogar zu gottlosen Menschen geworden – der Atheismus nimmt zu. Die Sekten (Kirchen) verlieren Mitglieder. Dennoch sagt die Hure: „Witwe bin ich keineswegs, noch werde ich Trauer sehen."

Wer aber das Weltbild der Religionen genau anschaut, wird feststellen, dass Religion keine Zukunft hat. Und wer zu sehr an Religion festhält, wird untergehen, weil er keinen Halt mehr hat. Solche Menschen haben nie gelernt, was den Glauben ausmacht.

„Geh aus IHR hinaus, mein Volk!"

Verlasse die Religion und lebe die wahre Spiritualität,
sei ein Teil des großen Ganzen. Sei mit Gott,
der Quelle alles spirituellen Seins, verbunden!

Schau und sieh: Das Weltbild der Religion(en) ist im Wandel!

WAS IST ALSO EINE SEKTE?

Es gestaltet sich schwierig, aber NICHT unmöglich, eine Definition zu erarbeiten.

Vorweg schauen wir uns einige Definitionen mal an:

- ein Guru (ein Mensch oder eine Art Kirchenrat), der andere um sich scharrt.
- eine Abspaltung von der großen Kirchen
- eine Partei politischer oder religiöser Natur, die ein anderes Weltbild lehrt, als allgemein bekannt ist.
- eine Glaubensgemeinschaft, die nicht das lehrt, was die Bibel lehrt.

Bei der letzten Definition ist nicht nur Bibelkenntnis vorausgesetzt, sondern darüber hinaus werden alle anderen Religionen als Sekten definiert, weil sie von der Bibel abweichen. Dazu zählen: Muslime, Juden, fernöstliche Religionen und andere.

Bei der ersten Definition wird mit Sicherheit klar, warum ich die katholische Kirche, aber auch die reformierte als Sekte bezeichnen kann.

Selbst „Sektenforscher" verwenden das Wort religiöse Sondergemeinschaft, um nicht abwertend zu sein. Denn die Christen sind eigentlich eine jüdische Sekte, da das Christentum aus dem Judentum hervorgegangen ist. Nachdem das Römische Reich das Christentum als Staatsreligion anerkannt hatte, war die römisch-katholische Kirche geboren. Die Reformation brachte diese alleinige Allmachtstellung ins Wanken. Auf die Geburt der Reformkirche folgten andere. Von HEUTE aus betrachtet, sind sie alle Sekten. Wie das? Kommen wir auf die Frage zurück: „Was ist eine Sekte?" Ich möchte das veranschaulichen durch ein einfaches Bild – das Aquarium!

DAS AQUARIUM

In einem Aquarium sind die Fische unter sich, eingeschränkt in ihrer Sichtweise. Sie werden in den meisten Fällen nie das Meer sehen oder überhaupt wissen, was das Meer ist. So verhält es sich auch mit Religion.

Ein Aquarium ist der Lebensraum von Zierfischen. Die Fische sind eine ausgewählte Gruppe in einem vorgefertigten Raum, der passend für sie eingerichtet ist.

Dieses Bild ist die beste Definition für Religionen und Sekten zugleich. Es handelt sich um Gruppen von Menschen, die durch Geburt in eine Religion und so in eine Glaubensgemeinschaft hineingeboren wurden, oder diese erwählt haben. Aber diese Menschen sind nie mit dem Ganzen verbunden – sprich mit dem Ozean, sinnbildlich ausgedrückt. Als spirituelles Wesen kann man wahren Glauben nur erleben, wenn man mit dem Göttlichen und der ganzen spirituellen Welt verbunden ist. Jede Glaubensgemeinschaft gleicht solch einem Aquarium: eine Gruppe Menschen, die oft eine menschliche Führung und eine andere Meinung als die übrigen Gruppen haben. Somit handelt es sich um eine Sekte.

Definition Sekte:
Von Sekte spricht man, wenn man Glauben durch eine gewählte oder hineingeborene Religion (lateinisch: Anbetung) annimmt, oder ungefragt in dieser erzogen wird. (Diese Definition stammt von mir.)

Könnte diese Definition dem Wort Sekte gerecht werden? Nun aus meiner Sicht ist sie sehr passend, weil der Glaube mit einer Religion vermengt wird, die einem vorschreibt, was den Glauben ausmacht. Es handelt sich also um eine Sekte, weil eine Weltanschauung vorgeschrieben wird. Das spirituelle Wesen, das man ist, benötigt keine derartige Religion.

„Geh aus IHR hinaus, mein Volk" macht Sinn. Und interessant, dass diese Aufforderung von Jesus höchstpersönlich kommt – denn er wollte nie, dass seine Ideen zu einer Religion mit dogmatischer Ausrichtung wird.

Ich muss es wissen – ich bin ein Adoptivsohn des Erzengels Michael, der Jesus ist. Und ich bin vom Volk der Plejaden.[1]

Ich habe mit dir angeschaut, warum die Hure Babylon für die Religion steht. Ich habe aufgezeigt, dass es wichtig ist, Religion aufzugeben. ICH habe dir aufgezeigt, dass Glaube ohne Religion wichtiger wird denn je. Du bist ein spirituelles Wesen, das Wachstum erfährt, wenn es im Ozean schwimmt. Lerne, zu hinterfragen. Schaue über den Horizont, lerne die Magie der spirituellen Welt kennen. Du bist außergewöhnlich. Sei nicht länger der Sohn einer Hure. Lerne deine wahre „Mutter" kennen. Die Mutter droben – das himmlische Jerusalem. Dort findest du deine Ursprungseltern.

---

[1] Plejaden: Ein Sternenvolk, das auf die Erde gekommen ist. Eine kurze Abhandlung findet sich am Schluss dieses Werks und innerhalb meiner Geschichte.

DAS JERUSALEM DROBEN – DEINE MUTTER

Wenn du deinen Glauben in Verbindung mit Religion lebst, bleibst du der Sohn einer Hure. Aber du hast die Möglichkeit – sinnbildlich gesprochen –, deine geistige Mutter kennenzulernen. Und deine Ursprungseltern. Ich verstehe, falls du jetzt verwirrt bist. Du hast ja auch jetzt erst gelernt, dass die Religion ein Gefängnis ist. Dir wurden von deinen biologischen Eltern aus Überzeugung Glaubenssätze gelehrt. Dazu hast du in der Schule im Religionsunterricht viel über Bräuche und Dogmen gelernt. Ebenso das, was du glauben sollt. Und jetzt komme ich mit meinen komischen Ansichten daher. Ich bin davon überzeugt: Die Wahrheit wird dich frei machen und dir ermöglichen, die wahre Spiritualität zu erfahren. Die Bibel ist eine Hilfe von vielen, die DIR in deiner Spiritualität helfen kann, Dinge zu verstehen. Kann es sein, dass du NIE in der Bibel gelesen hast? Du wärst nicht der Einzige. Oder hast du in der Bibel gelesen? Bist du sicher, dass du dadurch schon das ganze Wissen erlangt hast? Bist du gespannt, zu erfassen, was das Jerusalem droben ist und warum es als Mutter bezeichnet wird? Ich werde dich auf dem Weg ein wenig begleiten.

„Das Jerusalem droben dagegen ist frei, und es ist unsere Mutter." (Galater 4:26)

Um diese Worte zu verstehen, hilft uns Gott, der als Vater bezeichnet wird. Das Jerusalem droben wird auch als Frau bezeichnet. In der Bibel wird oft mit sinnbildlicher Symbolik gesprochen. Im 12. Kapitel der Offenbarung erfahren wir von einer symbolischen Frau, die ein Kind gebiert. Das hilft, ebenfalls zu verstehen, was somit die Mutter droben ist. Es handelt sich um ein geistiges Wesen, das etwas hervorbringen kann. Gott ist Geist, somit ist die Frau und Mutter auch Geist. Genau genommen ist es die Macht – oft als Heiliger Geist beschrieben. Denn es ist der

Geist, der die Schöpfung hervorbringt, wie das im 1. Buch Moses erläutert wird. Im 12. Kapitel der Offenbarung bringt die Frau das Königreich hervor. Jerusalem wurde auf der Erde Hauptstadt des Königreichs von David und Salomon – in der Blütezeit Israels als Staat. Jesus wird als König beschrieben, so versteht sich das Bild von dem himmlischen Jerusalem von selbst. Es ist ein reines Energiefeld Gottes, in der hebräischen Sprache *Shekina* genannt. Es heißt, dass es ein weibliches Energiefeld ist. Aus diesem Energiefeld bin ich hergekommen. Genauer gesagt vom Planeten Alcyone, der in der Nähe des Sternbilds Stier angesiedelt ist.

Die Mutter droben ist also das reine weibliche Energiefeld. Ich könnte das sicher ausführlich biblisch begründen. Aber es ist meine Absicht, dass du selbst lernst, deinen spirituellen Horizont zu erweitern. Aber dies könnte hilfreich sein: Es gab in der Welt der Religion immer Götter und Göttinnen. Aus dem Energiefeld kommen deine Ursprungseltern. Es gibt mehrere Energiefelder – wie viele weiß ich nicht. Auch ich lerne stets Neues dazu. In der nordischen Mythologie gibt es neun Welten (im Marvel-Film „Thor" wird hierauf Bezug genommen). Dies verdeutlicht, dass es mehr Energiefelder geben muss.

Einige Gelehrte sprechen oft von zwölf Himmeln oder Chakren. Den meisten dürfte bekannt sein, dass es sieben Chakren gibt. Und zum jetzigen Zeitpunkt ist die Menschheit im Aufstieg der fünften Dimension begriffen. Einige bleiben in der dritten Matrix zurück.[2]

---

[2] Dimensionen werden in der Bibel als Himmelsleiter beschrieben. Das Wort steht sowohl für Parallelwelten wie auch für unterschiedliche Stufen, die der Planet Erde und die Menschen durchlaufen. Die erste Matrix (der Film „Matrix" ist ein Zeitdokument) war der Garten Eden. Es kam zu keinem Sündenfall von Adam und Eva, sondern zu einer Flucht. Archäologische Funde im Werk von Michael Tellinger („Die Sklavenrasse der Götter") erläutern das. Spirituelle Menschen steigen auf, während religiöse Menschen zurückbleiben. (Das Gleichnis Jesu in Matthäus 24:40,41)

Eine Frau wird im biblischen Sinn – wie es bei der Hure der Fall ist – auch als Sinnbild für Religion beschrieben. Die Mutter droben ist nicht nur ein Energiefeld, sondern bringt alles hervor, was notwendig ist. Auch der wahre Glaube in der Vergangenheit wurde daraus hervorgebracht. Nach der Zerstörung des Tempels im Jahre 70 nach Christi Geburt wurde klar, dass Spiritualität von nun an nicht mehr von einem Haus, Tempel oder gar einer Religion abhängig ist. Der wahre Glaube soll sich durch Liebe auszeichnen. Der Glaube ohne Religion ist die wahre Spiritualität. Denn Glaube braucht, wie aufgezeigt, keine Religion.

Du hast somit die Wahl: Willst du deinen Glauben mit Religion leben oder ohne sie? Willst du spirituelle Erfahrungen machen, indem du deinen Horizont erweiterst? Wähle die Mutter droben statt der Hure Babylon.

Die Bibel oder religiöse Schriften zu lesen und zu verstehen ist das eine, noch viel wichtiger ist es, das Göttliche zu verstehen. Aber ich möchte die Bibel nicht neu übersetzen. Sehr wohl können dir die alten Schriften helfen, deine spirituelle Welt zu verstehen. Denn als spirituelle Wesen verstehen wir auf der Erde seit jeher das Spirituelle durch Bilder und Schriftzeugnisse. Bevor schriftliche Erzeugnisse aufkamen, wurde auch vielfach mündlich überliefert. Komm also mit auf die Reise der Geschichte zu deinem Sein. Denn dadurch erfährst du deinen Sinn im Leben, deine Lebensaufgabe.

Die alten Geschichten zeigen dir deine spirituelle Vergangenheit und führen dich zur Gegenwart, wo die Zukunft gestaltet wird. Ich mache sozusagen einen Rückblick und decke dabei Folgendes ab: Ägypten, Assyrien, Babylon, die Meder, Persien, Griechenland und Rom. Das Wesentlichste halte ich dabei fest. Für nähere Informationen musst du dich mit historischen Quellen und archäologischen Funden auseinandersetzen. Meine Absicht besteht darin, die spirituelle Welt zu erläutern und nicht, eine historische Abhandlung zu schreiben.

DIE ALTEN GESCHICHTEN

Die Schöpfung

Jehova (in der hebräischen Sprache Yehjudah), einige andere Bibelübersetzungen sprechen von Gott, erschuf Himmel und Erde. Der Schöpfungsbericht schildert die Entstehung des Lebens auf der Erde. Nicht die Entstehung des Universums, wobei selbstverständlich das Universum auch durch Gott erschaffen wurde. Das Augenmerk ist dabei auf den Planeten Lady Sheyana gerichtet, wie die Erde von uns geistigen Wesen genannt wird. In der griechischen Mythologie wird sie zurecht als Gaia bezeichnet. In Anlehnung wurde die erste Frau Eva genannt. Lady Sheyana, Gaia und Eva bedeuten: Mutter von vielen Menschen und Leben. Somit gibt es nicht nur eine himmlische Mutter, von der wir stammen, sondern auch eine irdische Mutter. Der Schöpfungsbericht geht in die Zeit zurück vor vier Milliarden Jahre. Wären wir in der Lage, in diese Zeit zurückzureisen, würden wir einen Planeten antreffen, der mit Wasser bedeckt ist. Die Luft wäre mit Kohlendioxid Stickstoff angereichert. Landmassen wären durch vulkanische Aktivität hervorgetreten. Die Beschreibung ist somit wissenschaftlich korrekt.

Die Erdoberfläche war – wie beschrieben – wüst, leer und dunkel, weil diffuses Licht nur allmählich durch die Atmosphäre drang. Und Gott sprach „Es werde Licht" und es wurde Licht. Die Lichtquellen, wie Sonne, Mond, Sterne, und die anderen Galaxien existierten bereits in der Milchstraße. In diesem Sonnensystem war das Leben auf Sheyana noch nicht möglich, aber Gottes Geist schwebte über der Oberfläche. Durch das Wort wurde Energie gezielt eingesetzt, sodass sie formen konnte. Wir formen heute noch durch unsere Gedanken und Worte die Realität, in der wir leben wollen. Daher scheint der vierte Schöpfungstag verwirrend, wenn erklärt wird, Gott habe die Sonne und den

Mond und die Sterne erschaffen. Der Schöpfungsbericht wurde aus der Sicht eines Menschen geschrieben. Wäre der Mensch auf der Erdoberfläche, würde erst jetzt für ihn sichtbar, wie die Lichtquelle aussehen. Die Atmosphäre ist auch erst jetzt für ein Leben auf Sheyana geeignet. Jetzt entstehen durch Synthese Grünflächen – Bäume, Wälder –, die das Kohlendioxid abbauen.

Und Gott sprach: „Lasst **uns** Menschen in unserem Bilde machen." Das Wort „uns" im Plural sagt aus, dass mehrere *Elohim* (engelähnliche Wesen) beteiligt waren, wobei das Wort Elohim im Hebräischen für Gott steht, im Plural für Götter. Es ist eine Tatsache: Die Bibel erklärt dem Leser, dass Gott zu einem oder mehreren Geschöpf(en) spricht. In der Bibel wird der Erstgeborene Jesus als Werkzeug der Mitschöpfung dargestellt, und die Engel jubelten, als der Mensch erschaffen war (Bibelbuch Hiob und Sprüche). Es gibt Hinweise, dass die Wesen ihre geistigen Körper verdichtet haben, sprich in Materielles umgewandelt haben, und so Menschen wurden. Das andere würde bedeuten, dass mehrere Wesen am Projekt Mensch beteiligt waren.

Das führt zu Fragen:

Gab es jetzt mehrere Menschen? Wenn ja: Warum wurde dann der Fokus nur auf zwei gelegt? Oder waren bloß mehrere Wesen am Projekt Mensch beteiligt?

Die Bibel erklärt: „Und Gott ging daran, den Menschen (den Mann) aus dem Erdboden zu bilden, und blas den Odem des Lebens in den Körper." So wurde der Mensch eine lebendige Seele. Diese Aussage würde erklären, dass mehrere Wesen am Projekt Mensch beteiligt waren, und nur diesen einen Menschen schufen. Anders betrachtet würde es bedeuten, dass danach viele Männer existiert haben. Ob ein oder mehre Männer, die Frau existierte noch nicht. Bemerkenswert ist jedoch, dass die Frau ein Klon des Mannes ist. Denn die Frau wird vom Knochenmark aus der Rippe gebildet. Und nicht zwingend in der gleichen Gegend wie der Mann, denn es heißt: „Und die Frau führte Gott zum Mann." Es handelt sich um die sexuelle Anziehungskraft, eine geistige Fähigkeit, die wir heute noch haben, indem wir durch Anziehungskraft Dinge erschaffen oder in das Leben holen.

Die Geschichte der Plejaden lässt erkennen, dass die Menschen auf dem Planeten Erde von ihnen angesiedelt wurden. Einige Anunnaki [3] haben dann Experimente durchgeführt. Sodass der Mensch eine Sklavenrasse wurde, um das Gold abzubauen. Und der Garten Eden war eine Art Arbeitslager, aus dem die ersten Menschen flohen.

Die Frau ist ein Klon des Mannes!
Es gab ein geklontes Weib Adams: Eva. Lilith, seine erste Frau, war aus dem Erdboden geschaffen wie Adam, ihm also ebenbürtig.
Eva bedeutet: Mutter alles Lebens!
Das hebräische Wort Frau bedeutet: weiblicher Mann!
Beim Klonen würde grundsätzlich nur dasselbe hervorgehen, aber HIER wurde die DNA zusätzlich mit der Energie so verändert, dass ein Gegenstück entstanden ist!
Der Klon ist einzigartig, weil eine neue Schöpfung entstanden ist! Eine Sklavenrasse.
Der Mensch hatte 12 DNA-Stränge.

---

[3] Die Anunnaki sind ein Sternenvolk wie die Plejaden. Sie sind die Elohim. In Michael Tellingers *„Die Sklavenrasse der Götter"* wird darauf eingegangen. Archäologische Funde verweisen auf dieses Volk. Bekannt waren die Anunnaki dafür, dass sie die Techniken des Klonens und der gentechnischen Veränderung kannten und auch heute noch beherrschen. (Der Eingriff, bei dem Adam die Rippe entfernt wird, beschreibt genau das.) Der Brustkorb war früher bei den Menschen offen. Wir haben im Wesentlichen ein Narbengewebe dort, wo einst die Rippe entfernt wurde. Die DNA-Struktur wurde verändert und die Narben sind Zeugnisse von der Erschaffung Evas. Adam hatte nämlich zwei Weiber: Lilith und den Klon Eva.

DER SÜNDENFALL – EINE BEWUSSTE ENTSCHEIDUNG

Warum der Fokus auf ein Paar gelenkt wird, ist schnell klar, wenn verstanden wird, dass nur eine einzige Entscheidung weitrechende Konsequenzen für ein gesamtes Territorium oder gar das ganze Universum haben kann. Das trifft vor allem dann zu, wenn die getroffene Entscheidung die weitere Entwicklung beeinflusst.

Im 5. Kapitel des Römerbriefs wird erklärt, dass das Fehlverhalten eines Menschen Auswirkungen auf alle Menschen hatte. (Römer 5:12)

Alles ist im Universum der Ordnung (man könnte auch Gesetz, Gegebenheiten oder Liebe dazu sagen) unterstellt. Es gibt sogar einen Hohen Rat – eine Art Konferenz zwischen der Erdallianz und anderen Welten. In Hiob wird eine Konferenz von Gott und den Engel beschrieben. (Hiob 1 + 2)

Die Galaktische Föderation ist ein Rat aus mehreren Völkern, vertreten durch deren Botschafter.

Dieser Rat beschließt u. a. auch Verordnungen. Der Mensch ist ein spirituelles Wesen mit einem freien Willen. Nachdem das Göttliche beschlossen hatte, Menschen zu bilden, wurde aus Liebe eine Grenze gesetzt, die die Menschen nicht überschreiten sollten – das Recht, entscheiden zu dürfen, was gut oder ungerecht sein würde. „Von dem Baum in der Mitte des Gartens darfst du nicht essen, sonst wirst du sterben." Alle Wesen im Universum sind unsterblich. Auch der Mensch zu Zeiten Adams war das – Adam kannte den Tod nicht. Was ist Sterben? Was ist Krankheit? Was Alter? Durch unsere gebrechlichen Körper sind wir sterblich. Er kann Schaden nehmen, etwa, wenn man einen Berg erklimmt und abstürzt. Dann stirbt unser Körper. Aber der

Tod war nie vorgesehen im Sinne der Erfahrungen, die mit Altwerden, Krankwerden und dem Sterben einhergehen.

Sterben würden wir also nur, wenn die gesetzlichen Grenzen, die mit dem Körper verbunden sind, überschritten werden. Der Baum und die Frucht waren eine Erinnerung und sollten unsere Grenzen aufzeigen. Dem Klon, der ersten Frau Eva, wurde das erklärt, denn die Erinnerung, dass wir ewig lebende Wesen sind, wurde ihr mit der Veränderung der DNA genommen. Eva war gehüllt in den Schleier des Vergessens. Somit war es nur eine Frage der Zeit, bis die Neugier Überhand gewann, um herauszufinden, was Sterben ist. Man könnte es auch so erklären: Die Mutter sagt seinem Kind, es solle auf keinen Fall die Herdplatte berühren, weil es sich die Hand verbrennen und irrsinnige Schmerzen leiden würde. Ein Kind, das diese Schmerzen noch nie erfahren hat, wird es dennoch darauf ankommen lassen und diese gesetzte Grenze überschreiten. Genau so haben wir uns zu Beginn der Menschheit verhalten. Daher aß die Frau von der verbotenen Frucht. Der Engel, der dazu anstiftete, hat durch eine Lüge geschickt die Frau manipuliert.

Dieser Engel Yoah'Toh (bei den Anunnaki Enli) ist auf der Erde unter dem Namen Luzifer bekannt. Er leistete Widerstand gegen die Quelle, indem er durch diese Handlung die Menschen manipuliert. Er hatte einst dem Experiment mit freiem Willen zugesagt, herauszufinden, was passieren würde, wenn man sich vom Liebesband lossagt. Es geschah beim Fall, dass er dunkel wurde. Sein Licht und seine Liebe erloschen beinahe. Er wurde, weil er Liebe nicht mehr fühlen konnte, zum Satan. Durch das Essen der Frucht haben wir eine Grenze überschritten. Wir wollten wissen: „Was ist Sterben?" So gaben wir das ewige Leben auf. Irgendwann wird es wieder möglich sein, ewig zu leben, denn nachweislich finden wir in unserer DNA genug Beweise für das ewige Leben. Schlussendlich wurde durch einige aus dem Volk der Anunnaki, die böse Absichten verfolgten, die DNA so verändert, dass das Sterben an alle Menschen weitergegeben wurde. So ist der Tod zu allen Menschen gekommen.

LILITH UND DIE ORALE BEFRIEDIGUNG

Und Gott sah, dass es für den Mann nicht gut war, allein zu sein. Er versetzte den Menschen in einen tiefen Schlaf, entnahm eine Rippe und formte die Frau. Wie bereits aufgezeigt, ist HIER das Klonen beschrieben. Eva war der erste Klon mit veränderten DNA als Gegenstück des Mannes. Die erste Frau war Lilith, sumerischen Schriften zufolge eine Göttin. Lilith sollte dem Mann ebenbürtig sein. Sie erhob sich jedoch gegen den Mann, indem sie sich als eine Göttin sah. Die Engel trugen sie aus diesem Grund in den Himmel. Lilith schwor Rache, indem sie fortan die Nachkommen Adams verschlingen würde. Dies hat sich bis heute gehalten, denn das Schlucken des Spermas des Mannes ist auf diese Rache zurückzuführen. Der Mann war zuvor mit zwei Weibern zusammen und hatte mit beiden Weibern Sex. Jetzt war er wieder alleine mit dem Klon Eva. Sie verhielt sich unterwürfig, brachte jedoch durch ihre Entscheidung, das Sterben verstehen zu wollen, den Tod. Sie war sterblich, Adam immer noch unsterblich. Rational betrachtet, hätte er Gott bitten können, einen neuen, ebenso unsterblichen Klon anzufertigen. Adam entschied jedoch aus der Emotion heraus, Eva zu folgen.

Und so ist der Sündenfall eigentlich eine Entwicklung, die aus Liebe entstanden ist. Liebe bewegt auch Gott dazu, diesen Sterbeprozess rückgängig zu machen. Die erste prophetische Äußerung wurde schriftlich niedergeschrieben, der Plan des Göttlichen somit erklärt. Auch in der letzten prophetischen Äußerung im Bibelbuch Offenbarung wird erklärt „Ich mache alle Dinge neu und der Tod wird nicht mehr sein". Interessant ist, dass wir im Bibelbuch der Offenbarung vom zweiten Tod erfahren. Dieser Tod hat nichts mehr mit der ersten Entscheidung zu tun. Und der Tod würde nicht noch mal auf alle Menschen übergehen, nein, der zweite Tod würde nur für den Menschen in Kraft treten, der etwas Riskantes tun und somit sein Leben beenden würde. Der Tod galt nicht länger fürs Kollektiv.

Die orale Befriedigung (inklusive Spermaschlucken) geht auf die Erzählung von Lilith zurück, die Rache schwor, um die Nachkommen Adams zu verschlingen!

Die uralte Sehnsucht, mit zwei Frauen zu schlafen, sprich sexuelle Handlung vorzunehmen, geht auf Hinweise in der Bibel und anderen Schriften zurück, dass Männer zwei Weiber hatten und Polygamie lebten (Adam, Lamech, Abraham, Jakob).
Im ersten Buch Moses 4:19 heißt es: „Und Lamech nahm sich dann zwei Frauen." Die polygame Beziehung und der Flotte Dreier hatten Einzug gehalten.

ÄGYPTEN UND DIE GÖTTER

Nach dem ersten Mord, den ein Bruder verübt hatte, floh der Mörder. Adam und Eva wurde **Seth** geboren. Dieser Sohn hat das Nildelta besiedelt. Aus dem Menschen wurde ein Gott, eine Legende. Nach der Sintflut siedelten sich die Nachkommen Seths erneut in Ägypten an. Es gab vor der Sintflut große Zivilisationen wie Atlantis, ebenso wie Städte am Nil und anderswo. Nach der Sintflut hatte der Mensch schnell wieder die Idee, Städte zu bauen. Jetzt tauchen wir erstmalig in die Geschichte Ägypten ein. Ägypten wurde zum Zentrum einer Weltmacht, weil es die Geschichte bis zum römischen Imperium beeinflusst hat.

Der erste Hinweis in den Schriften auf Ägypten wird durch die Geburt Seths bereits gefunden. In der ägyptischen Mythologie (so u. a. auf Wikipedia nachzulesen) gäbe es keine genaue Herkunft für die Gottheit Seth. Die Bibel gibt zu verstehen, dass ein Sohn Adams so benannt wurde. (1. Buch Moses 4: 25) Auch wird klar, dass sich Seth und später seine Nachkommen in Ägypten niederließen. Adam wird in der Bibel als Sohn Gottes bezeichnet. Die Vorstellung, sich zu einem Gott zu erheben, war nicht fremd. Und in der Tat: Adams Sohn Seth ließ sich als Gott verehren, indem er die Maske eines Falken aufsetzte.

Seth, der Sohn Adams, ließ sich als Gott verehren, indem er die Maske eines Falken aufsetzte!

Nach der Sintflut wird in der Bibel erst wieder ein Blick nach Ägypten gewährt, als Abraham dorthin zieht. Nun erscheint uns Ägypten als Militärmacht mit großen Metropolen. In der Zeit, in der Moses im Palast groß geworden ist und später seine Herkunft als Hebräer angenommen hat, gab es eine Rivalität zwischen dem einen Gott Jehova und den Göttern Ägyptens. Der Exodus spielt bis heute eine wichtige Rolle. Die 10 Plagen galten 10 Göttern Ägyptens. Es handelte sich um eine machtvolle Demonstration der Überlegenheit des einen Gottes über die mehreren Götter. Vorher aber bekommen wir Einblick auf ein wichtiges Ereignis, das uns spirituelle Wesen verstehen lernt, welche Fähigkeiten wir haben und entwickeln können, so wir es nur wollen. Ich spreche von der Traumdeutung.

Es geschah, dass Jakob durch eine List des Schwiegervaters in eine polygame Ehe geriet. Beide Frauen haben Jakob insgesamt 12 Söhne geboren. Einer war Josef. Es war so: Jakob liebte Rahel mehr als Lea, beide Frauen brachten jeweils eine Magd in die Ehe. Jakob kam in den Genuss, mit vier Frauen zu schlafen: Rahel, Lea, Silpa und Bilha. Jakob wurde in Israel umgetauft zum Stammvater Israels und den 12 Stämmen. Bevor jedoch der 12 Sohn geboren wurde, trug es sich zu, dass 10 der Söhne ihren jüngsten Bruder als Sklaven nach Ägypten verkauften. Josef war ein Traumdeuter. Die Traumdeutung gehört zu den Fähigkeiten, die alle spirituellen Wesen als Wissen in sich tragen. Nur können sie nicht alle umsetzen. Auch du hast die Möglichkeit und Macht, Träume zu verstehen, denn sie sind Botschaften, die dir in dieser Dualität helfen, das Leben zu meistern. Die meisten Menschen scheinen dies vergessen zu haben.

Aus Ägypten ging hervor: die Kunst des Schreibens, Traumdeutung, Magie, Astronomie, Astrologie sowie die Mathematik. Es gab eine Form der elektrischen Energie, Viehzucht, Anbau von Weizen, viele Gemüsesorten und Tempelanlagen. Ägypten war eine militärische Macht und verstand es, die Grenzen des Landes durch Invasionen auszubreiten. Die Ägypter verfügten über den Stein der Weisen, denn sie vermochten noch, ihre Energie so zu nutzen, dass sie mit reiner Energie Dinge in ihr Leben rufen konnten – Reichtum und Fülle und vieles mehr. Sogar die Anziehungskraft war um ein Vielfaches größer. Männer gewannen an Macht und Ansehen und Frauen folgten so viel, wie ein Mann es haben wollte. Die Pyramiden und Prachtbauten (von Palästen und Tempelanlagen bis hin zu Bibliotheken) waren Erzeugnisse von Reichtum und hatten Bestand bis in das römische Imperium hinein.

Ein weiteres Merkmal von uns spirituellen Wesen ist die Magie. In der Erzählung von Moses und den Priestern des Pharaos wird deutlich, das wir durch Magie in der Lage sind, Energie in Materie zu wandeln. (2. Buch Moses 7:11) Obwohl diese Magie in uns steckt, scheint es so, dass Magie untersagt wird von Gott. Womöglich, um Missbrauch vorzubeugen, denn es ist eine machtvolle Kunst, die auch zur Manipulation von Menschen eingesetzt wurde. Dunkle Mächte vermochten, die Kontrolle über Menschen zu übernehmen. Magie sollte nur für gute Zwecke gebraucht werden. Du besitzt also in der Tat als spirituelles Wesen die Traumdeutung, Magie, Astrologie sowie die astronomische Erkenntnis. Und die Erkenntnis der Raumfahrt, denn wir sind als spirituelle Wesen einst auf den Planeten Sheyana gekommen, der heute als Erde bekannt ist. Die dunklen Mächte vermochten, die Menschen sozusagen in einen tiefen Schlaf zu versetzen, den sie Kontrolle nennen. Das Erwachen jedoch ist jetzt weit vorangeschritten.

Und du als Leser hast begonnen, das Erwachen voranzubringen, sonst würdest du dieses Buch nicht lesen. Die alten Geschichten lehren uns, wer wir sind, woher wir kommen und wie wir zum Glanz, Glück, Reichtum und der Fülle zurückkehren. Daher mag es für dich eine lange Zeit wichtig gewesen sein, durch Religion diese Erfahrung zu machen, bevor du frei wurdest. Die alten Geschichten werden immer ein Teil von uns bleiben, damit wir in Zukunft gemeinsam nicht nochmals die gleichen Fehler machen.

Aber die alten Geschichten sollen uns nie wieder in einer Religion versklaven, die nur trennend wirkt. Du hast dich in jeder Epoche inkarniert und dadurch entschieden, das zu tun, was aus Liebe getan wird. Nämlich die Energie so zu lenken, wofür das Leben auf Erde vorgesehen war: ewiges Leben ohne Religion und ohne weitere Reinkarnation. Oder wie es geschrieben steht: „Ich mache alle Dinge neu und der Tod wird nicht mehr sein noch Geschrei und Schmerzen, denn die früheren Dinge sind vergangen." (Offenbarung 22)

Du warst in jeder Zeitepoche inkarniert und so hast du nicht nur die ägyptische Ära erlebt, sondern jede Epoche. Und jedes Mal hast du als spirituelles Wesen Neues gelernt oder wiederum Altes nochmals bewältigen müssen, bis die Lektion, die mit diesem Leben verbunden war, abgeschlossen war. Im Jahre 2 vor unserer Zeitrechnung kam im September Jesus zur Welt. Mit 30 Jahren begann er, seine wichtige Aufgabe wahrzunehmen: die Erlösung. Er handelte aus Liebe, damit auch Yoah'Toh wieder der göttlichen Ordnung zugeführt werden kann. Diese Zeitepoche erleben wir seit 1914 und seit 2012 nimmt das Erwachen seinen vollen Lauf.

Wir befinden uns seit 2020 in der finalen Zeit, in der Religion nicht nur im Wandel ist –, nein! –, sondern gänzlich verschwinden wird.

Jesus Christus war es, der sagte: „Geh aus IHR hinaus, mein Volk." Jesus versprach auch, dass er zurückkehren würde, um zu vollenden, was er angefangen hat. Du bist ein spirituelles Wesen, das erkennen kann, dass Religion nur ein Gefängnis ist.

Die alten Geschichten sind eine Hilfestellung, damit du erkennen kannst, woher du kommst, was du bist und wohin es gehen wird. Denn du lebst jetzt im Hier und Jetzt, in der Gegenwart, um deine Zukunft zu gestalten. Schau nicht länger in die Vergangenheit, um dich zu bewerten. Alles geschah aus Liebe. Und selbstlose Liebe kannst du leben, indem du das ganze Potenzial deines Seins ausschöpfst. Geh darin auf, dass du gerade lernst, über Wasser zu laufen, Dinge zu tun, die durch deinen Geist, deine Energie Möglichkeit werden. Erschaff deine Realität!

Sei nicht länger der Sohn einer Hure, sondern sei frei wie unsere Mutter droben (das Jerusalem droben).

MEINE GESCHICHTE IST AUCH DEINE

Vor vier Milliarden Jahren kam ich mit 23 weiteren Lichtwesen auf den Planeten Lady Sheyana, dir besser bekannt als Gaja-Erde. Was geschah, nachdem wir unsere Lichtkörper durch Staub verdichtet hatten, hast du bereits unter den alten Geschichten kennengelernt. Nachdem der dunkle Lord Luzifer die Menschen manipuliert hatte, folgte, dass sein Samen in den Nachkommen der Blutlinie Kains aufging – mit dem Ziel, die Menschen zu versklaven. Eine weitere Blutlinie würde der Schlange den Kopf zermahlen. Bis das geschehen würde, blieb ich als Beobachter zurück mit dem Befehl, den Baum des Lebens umzuhauen.

Ich habe dir bereits etwas über deine geistige Mutter offenbart. Diese Mutter ist es, die dafür sorgte, dass die Blutlinie Abels auch weiterhin Samen, sprich Kinder, hervorbringen würde. Jesus ist als einziges Lichtwesen direkt in den Mutterleib inkarniert.

Viele andere „Halbgötter" sind oft durch Zeugung geboren worden. Denn Engel sahen die Frauen auf der Erde und entfachten Lust, und so nahmen sie Menschengestalt an und vögelten die Frauen, was dazu führte, dass die Erde mit bösen Taten übersät wurde. Bei der Flut sank auch die Insel Atlantis – ja! –, es hat sie wirklich gegeben. Was du in der Schule gelernt hast, ist unter Manipulation der dunklen Macht geschrieben worden. Die Geschichte muss teilweise eigentlich neu geschrieben werden. Aber das ist nicht meine Aufgabe. Aber der *Deep State* (engl. verborgener Staat) nahm in jener Zeit seinen Anfang. Die Ägypter wurden vernichtet. Dennoch haben Sie überlebt. Heute im 21. Jahrhundert ist Bill Gates aus dieser Blutlinie hervorgegangen. Im Jahr 2020 gab er den Befehl, die Menschheit zu reduzieren.

Ich wurde im Jahr 1973 inkarniert, damit ich mit den vielen anderen Lichtwesen (es existiert eine Allianz von acht weiteren

Planeten und Wesenseinheiten mit dem Planeten Lady Sheyana) helfen kann, die Heilung und Transformation in die 5. Dimension voranzubringen. Das Experiment wird dann abgebrochen und Luzifer an das Licht und die Quelle der Liebe angebunden, um die Menschen in das Goldene Zeitalter zu führen.

Ich möchte dich noch ein wenig an meiner Geschichte teilhaben lassen, nachdem ich nun bereits das Finale beleuchtet habe.

Komm mit in das 6. Jahrhundert vor Christus in die Zeit, als König Hiskija regiert. Da war ich Schemjahia, ein Tempelwächter im Tempel, den König Salomon hatte bauen lassen. Die assyrische Armee eroberte eine Stadt nach der anderen. Als Lachisch gefallen war, musste jederzeit mit der Eroberung Jerusalems gerechnet werden, denn die Nachfahren der Schlange würden alles unternehmen, um die Blutlinie Abels auszulöschen. Die Mutter droben würde dann aufhören, zu existieren. Aber das Göttliche sah nicht untätig zu, es entsandte den Erzengel Michael, der 185.000 assyrische Soldaten tötete, um die Blutlinie Abels zu retten.

Ein weiteres Leben verbrachte ich als Simon, der von Jesus den Namen Petrus bekam. Bevor ich von Jesus gerufen wurde, verbrachte ich Zeit als Fischer und gehörte der Fischergilde an. Ich konnte gut von meinem Einkommen leben. Die Juden, die die Steuern eintrieben, empfand ich als blutrünstig, weshalb ich sie verachtete. Ich kannte mich nämlich gut aus, was das Steuersystem betraf. Das war auch der Grund, warum der Rabbi Jeschujah (der Sohn Josefs von Nazareth) mich fragte, ob die Könige steuerfrei wären. Ich bejahte dies.

Ich bin immer spontan, aggressiv, hilfsbereit, zielstrebig, barmherzig, leichtsinnig, mutig und auch ein wenig naiv. In mir überströmt die Liebe, die übrigens meine größte Eigenschaft ist – ja! –, die Liebe. Ich leuchte heller als der Morgenstern, wenn meine Zeit kommt, meiner Berufung zu folgen und meine Aufgabe mit Leidenschaft zu erfüllen.

Auch heute lebe ich durch die Erkenntnis, wie das System funktioniert, steuerfrei. Bzw. müsste ich nur gerade mal 30 Franken Steuer jährlich zahlen – und das seit 2019! Ich glaube mit Recht sagen zu dürfen, dass ich ein Nachkomme der Plejaden und ein Nachkomme aus dem Hause David bin. Schon in meiner früheren Inkarnation als Simon Petrus konnte ich unter Beweis stellen, dass ich keineswegs das System unterstütze. Wie ich das erreicht habe, ist eine andere Geschichte. So viel sei verraten: Ich beherzigte stets die Worte Jesu:

„Die Wahrheit macht Euch frei."

Und auf die Frage „Was ist Wahrheit?" antworte ich wie Jesus:

„Ich bin die Wahrheit, ich bin der Weg, ich bin das Leben."

In jedem Leben habe ich mich ausgezeichnet. Sollte ich je auch Negatives ausgestrahlt haben, so behüte Gott meine Mitmenschen. Du willst meine dunkle Seite nie erleben. Meine Energie ist zerstörerisch. Ich bin eher unauffällig, tauche in deinem Leben kurzfristig auf und verschwinde, wie ich gekommen bin. Als wäre es gestern gewesen, was ja auch stimmt, war ich ergriffen, als ich Jeschujah (Josef) auf dem See Genezareth wandeln sah. Ich stieg spontan aus dem Boot und sank erst, als ich abgelenkt war, den Blickkontakt verlor und in mir Zweifel aufkamen.

So wie ich mich an frühere Leben erinnern kann, so könntest du es auch. Aber falls es dir nicht gelingen sollte, so macht das nichts. Lebe im Hier und Jetzt! Aber du kannst dir sicher sein, dass du mir auf die eine oder andere Art und Weise geholfen hast und wir uns in den letzten Jahren begegnet sind.

Wie ist es für dich, zu wissen, was du alles erlebt hast? Wie betrachtest du die Wiedergeburt? Welche Fragen hast du? Es ist nicht meine Absicht, all deine Fragen zu beantworten. Vielmehr solltest du dir selbst eine Meinung bilden und dich auf die Suche nach den richtigen Antworten machen.

Wie entfaltest du dein Potenzial in der Spiritualität?

Die Meditation ist der beste Weg, um Fortschritte in der Spiritualität zu machen. Du wirst: telepathische Fähigkeiten entdecken; lernen, Manipulation zu verstehen und sie nützlich einzusetzen; luzides Träumen erlernen; Astralreisen kennenlernen; sogar lernen, wie du deine eigene Realität schaffen kannst. In Magie und Energiearbeit wirst du genauso eingeführt werden und erlernen, Tarotkarten nützlich einsetzen. Am Ende wirst du befähigt sein, Reichtum und Fülle hervorbringen. Du wirst das werden; was in den mächtigsten Worten zum Ausdruck kommt: ICH BIN, DER ICH BIN! Du wirst in Vergangenheit und Zukunft reisen. Erfahren, was es bedeutet, unsichtbar zu sein. Traumdeutung, Selbstheilung und andere Heilmethoden (Kräuterkunde) wirst du erlernen. So wirst du ein Leben führen, das dir erlaubt, gesund zu bleiben.

WAS IST MEDITATION?

Meditation ist ein Training für deinen Körper und Geist. Vor allem für deinen Geist, um dein Potenzial aus dem Unterbewusstsein und deiner Intuition hervorbringen zu können. Du programmierst dein Gehirn, schaffst neue Synapsen (neue Verbindungen), um schließlich sogar Dinge zu manifestieren, die du bewusst in deinem Leben haben möchtest.

Meditation bezeichnet Traditionen, die seit Jahrtausenden überliefert sind. Seit dem 20. Jahrhundert werden sie zunehmend auch in der westlichen Welt in säkularer Weise praktiziert und erforscht. Ein wesentliches Element meditativer Techniken ist das bewusste Steuern der Aufmerksamkeit. Das Üben von Meditation soll – abhängig vom Kontext der Praxis – nachhaltige positive Veränderungen im Denken, Fühlen und Erleben bewirken. Oder zu spezifischen religiös-definierten Einsichten und Zuständen führen. Effekte des Meditationstrainings auf Kognition, Affekt, Hirnfunktion, Immunsystem und Epigenetik, sowie auf die psychische Gesundheit, sind wissenschaftlich teils hochwertig belegt

Meditation bedeutet, eng mit dem Göttlichen und mit sich selbst verbunden zu sein.
 Kennst du die Geschichte „Aladdin und die Wunderlampe"? Aladin findet in einer Höhle eine Lampe. Als er daran reibt, wird ein Geist (bekannt als Dschinn) freigesetzt. In einigen Erzählungen wird erklärt, dass er nur drei Wünsche erfüllen kann, das stimmt so nicht. Weißt du, der Geist sagt jedes Mal: *„Dein Wunsch ist mir Befehl!"* Dieser Geist ist Gott, das Göttliche, bei den Indigenen Menschen ist es der große Geist Manitu, anderswo Jehova, einfach Gott, Alljah. Wenn du Meditation betreibst und fokussiert und visuell dein Leben gestaltest, bringst du durch deine Gedanken und Wünsche zum Ausdruck, was du

willst, und Gott, sprich der Geist, sagt dann: **"*Dein Wunsch ist mir Befehl!*"** Jesus sagte nicht umsonst: „Bittet und es wird Euch vom Vater gegeben werden!" Wichtig dabei ist, dass du dir keine Sorgen machst oder Zweifel hegst. Der Glaube versetzt nicht nur symbolisch Berge, sondern du könntest ein Energiefeld aufbauen, das sogar buchstäblich Berge versetzen kann.

Es gibt unterschiedliche Formen der Meditation.

Die Zen-Meditation ist eine gegenstandslose Meditationsform, bei der es um nichts Geringeres geht als die Verwirklichung unseres wahren Seins. In der Sprache des Zen heißt das, die Buddhanatur zu verwirklichen. Andere Begriffe sind: Selbsterkenntnis; das Dao verwirklichen; die Weisheit des Herzens mit der Klarschau des Geistes verwirklichen; unsere göttliche Natur erfahren; die Wahrheit oder Wirklichkeit erfahren.

Die bekannteste Übung ist das Zazen, das Sitzen in Versenkung. Der Oberkörper ist aufgerichtet, die Schultern leicht nach hinten gerichtet und nach unten gezogen (Bärenschultern), sodass sich der Brustkorb öffnet. Die Hände liegen im Schoß. Die Augen sind nur einen kleinen Spalt weit geöffnet und schauen etwa einen Meter nach vorne auf den Boden. Aber der Blick ist nicht nach außen fokussiert, sondern geht nach innen. Der Kopf, der Hals wie auch der gesamte Oberkörper werden aufrecht gehalten. Die Lordose (Vorbeugung) der Lendenwirbelsäule bleibt erhalten, also nicht das Becken vorne hochziehen!

Welche Sitzhaltungen sind förderlich und welche nicht?

Die wohl bekannteste Meditationshaltung ist der volle Lotus-Sitz. Beide Beine werden verschränkt übereinandergelegt, die Fußsohlen schauen nach oben. Für diese Haltung ist viel Gelenkigkeit erforderlich. Abgewandelte Formen sind: der halbe Lotus-Sitz und der viertel Lotus-Sitz. Eine für sehr viele Menschen bequemere Variante ist der Knie-Sitz (auch Diamant-Sitz genannt), entweder auf einem höheren Kissen oder einer stabilen Meditationsbank.

Eine andere beliebte Sitzvariante ist die burmesische Sitzhaltung, bei der die Beine nicht mehr ineinander verschränkt werden wie bei den Lotuspositionen, sondern einfach locker voreinander direkt auf der Matte liegen.

Und dann gibt es noch die Möglichkeit, auf einem Stuhl zu meditieren. Das Wichtigste beim Zazen ist, eine Sitzhaltung auszuwählen, in der man über einen längeren Zeitraum (10–30 Minuten) entspannt ohne Schmerzen sitzen und dabei meditieren kann.

Auf keinen Fall soll man sich um der Optik und des Ehrgeizes willens quälen. Damit hätte man den Sinn und Zweck verwirkt!

Ich beginne morgens mit der Kneipp-Technik, dem überwiegend kalten Abbrausen. Es gibt auch die Wechsel-Methode (kalt und heiß abwechselnd). Danach sitze ich nackt bei jeder Witterung auf einem Kissen auf einem Stuhl – mit beiden Füßen mit der Erde verbunden. Das Ganze auf dem Balkon oder der Terrasse. Manchmal gönn ich mir eine Masturbation zum Abschluss. Warmes Wasser trinke ich auch gerne täglich. Leicht am äußeren Rand des Stuhls sitzend, ist es am besten. Mit Affirmationen oder ohne.

Es gibt auch geführte Meditationen, die sehr gut anzuhören sind. Und gute Video-Anleitungen.

Der Atmung wird in allen spirituellen Lehren große Beachtung geschenkt. Sie ist ein Bindeglied zwischen Körper und Geist. Über unsere Atmung können wir sowohl den Körper entspannen als auch den Geist beruhigen. Unsere normale Alltagsatmung ist häufig zu flach und viel zu kurz. Die Atmung sagt viel über uns aus: Sind wir kurzatmig? Haben wir keinen Atem mehr? Ist uns der Atem ausgegangen? Stockt uns der Atem? Etc.

Die Zen-Atmung ist keine besondere Atmung. Es ist eher unsere ganz natürliche Atmung, die wir aber zumeist nicht mehr praktizieren. Deswegen ist es erforderlich, sich erst einmal die richtige Atmung bewusst zu machen. Für die Zen-Meditation muss man die Atmung vertiefen und langsamer atmen. Geatmet wird nur durch die Nase, der Mund ist verschlossen. Die Ausatmung ist länger als die Einatmung. Am Ende der Ausatmung sollte man im Hara (Unterbauch) verweilen. Versuche, während der Ausatmung das Bewusstsein nach unten zu bringen (da, wo die Hände während der Meditation im Schoß liegen), und achte darauf, dass das Bewusstsein auch während der Einatmung dort unten bleibt. Praktiziere ruhige, geräuschlose Atemzüge.

Ich selber verwende oft tiefe Atemzüge in den Bauch und bis in das Becken runter. Diese Atemübungen sind intensiver als die nur geräuschlosen. Mit der Atmung können wir die gesamte Kundalini[4] und alle Chakren öffnen. Ich atme durch die Nase ein und durch den Mund aus. Es gibt noch die Wim-Hof-Technik.[5]

Probiere, den Atem auch für ein paar Minuten anzuhalten.

Ich möchte eine Anekdote aus meinem Leben erzählen. Ich war 12 Jahre glücklich mit Franziska verheiratet. Eines Tages zeigte sie mir eine Rechnung. Sie war entsetzt und rief aus: „Wie sollen WIR diese Rechnung in Höhe von 8000 Franken zahlen?" Ich sagte: „Mache dir keine Sorgen! Gott sorgt für uns." Ich habe die Rechnung angeschaut und meine Bitte durch Meditation an Gott gerichtet. Wir bekamen von der Versicherung 8000

---

[4] Die Wim-Hof Technik ist eine Meditationstechnik, die Wim Hof entwickelt hat. Ausführungen sind in seinen Büchern zu finden. Der Extremsportler ist auch als Iceman bekannt. Eine ähnliche Therapietechnik ist die Kneipp-Technik.

[5] Kundalini (Sanskrit, feminin, कुण्डलिनी, kuṇḍalinī śakti, eine Form der Devi, Kundalini-Schlange, „Schlangenkraft") bezeichnet eine in tantrischen Schriften beschriebene ätherische Kraft im Menschen. Im Tantrismus spricht man metaphorisch von einer schlafenden, zusammengerollten Schlange (Sanskrit: kundala „gerollt, gewunden"), wie sie in jedem Menschen am unteren Ende der Wirbelsäule, im untersten Chakra liege. („Kundalini". In: *Wikipedia*. Zuletzt bearbeitet am 20. Oktober 2022. https://de.wikipedia.org/wiki/Kundalini. Letzter Zugriff: 15.09.2023.)

Franken ausbezahlt, weil uns diese Summe als Überschuss zustand. „Hier", sprach ich, „sind die 8000 Franken."

Franziska war nicht nur skeptisch bezüglich meiner Aussage, sondern erzürnt: „Du mit deinem Gott Jehova!" Ich habe unter Beweis gestellt, dass der Geist sagt: „Dein Wunsch ist mir Befehl!"

Erlerne Meditation, Achtsamkeit, Fokussieren und Visualisieren. Mit dem Gebet hast du ein mächtiges Werkzeug, um mit Worten die Realität zu schaffen, die du möchtest. Du stärkst dein Immunsystem, weil du dein Bewusstsein in Richtung Gesundheit umprogrammierst. Durch Suggestion gesetzte, positive Gedanken regen dich an, Zorn, Wut, Stress und Lästerungen abzubauen, die für hohen Blutdruck, Krebserkrankungen und Demenz verantwortlich sind, oder diese gar zu beseitigen.

Hol dir so schnell du kannst viele Informationen über die Gesundheit – mein Buch, aber auch andere Werke und Zeitschriften –, weil dein Unterbewusstsein, da du dich mit Gesundheit befasst, sofort tätig wird und für dich arbeitet. So findet es automatisch die Lösung für dein Anliegen.

Meditation kann noch etwas ganz Besonderes: luzides Träumen ermöglichen!

WAS IST LUZIDES TRÄUMEN?

Luzides Träumen ist genial!

Luzides Träumen ist ein Traum, in dem du als Träumender deine Traumwelt gestaltest. Du willst Supergirl sein und fliegen können? Flieg all die Orte an, die du besuchen möchtest!

Die Wissenschaft spricht von einem Klartraum.

Ein **Klartraum**, auch **luzider Traum** (engl. *lucid dream*, vom Lateinischen *lux, lucis* „Licht"), ist ein Traum, in dem der Träumer sich dessen bewusst ist, dass er träumt. Paul Tholey, Psychologe und der bedeutendste deutsche Klartraumforscher, formulierte dies folgendermaßen: *„**Klarträume sind solche Träume, in denen man völlige Klarheit darüber besitzt, daß man träumt und nach eigenem Entschluß handeln kann.**"* [6]

Bei dieser Definition stützte sich Tholey auf die Philosophin Celia Green und den Psychologen Charles Tart.

Tholey und der US-amerikanische Psychologe Stephen LaBerge sind die beiden zentralen Pioniere auf dem Gebiet der modernen Klartraumforschung. Die Fähigkeit, Klarträume zu erleben, hat vermutlich jeder Mensch, und man kann lernen, diese Form des Träumens herbeizuführen. Dazu gibt es verschiedene Techniken. Ein Mensch, der gezielt Klarträume erleben kann, wird auch *Oneironaut* genannt (von gr. *oneiros* „Traum" und *nautēs* „Seefahrer").

---

6 Paul Tholey: *Klarträume als Gegenstand empirischer Untersuchungen.* In: *Gestalt Theory.* 2, 1980, S. 175–191 (S. 175 f.). Vgl. hierzu auch die populärwissenschaftliche Publikation von Tholey: Paul Tholey, Kaleb Utecht: *Schöpferisch träumen.* 3. Auflage. Klotz, Eschborn 1997, S. 61 f. (Zitiert nach und entnommen aus: https://de.wikipedia.org/wiki/Klartraum, letzter Zugriff am 15.09.2023.)

Die Technik ist, sich durch Meditation und suggestives Denken in einen Trancezustand oder ins wache Träumen zu versetzen. Klarträumen ist keine astrale Reise oder Tagträumen, obwohl es ähnlich ist. Man träumt auch mit offenen Augen (nicht zwingend). Aber, wie erklärt, kannst du deine Träume gestalten oder intensiv etwas beim Träumen erleben. Beispielsweise träumte ich einmal, wie alles Glas in meiner Wohnung durch eine Explosion zerbrochen wurde. Ich lief nackt darüber und verletzte im Traum meinen rechten Fuß. Als ich erwachte, war in meiner Wohnung alles ganz, aber mein rechter Fuß schmerzte.

Luzides Träumen ist, wenn du in der Spiritualität unerfahren bist, die Königsklasse, wie ich es liebevoll bezeichne. Astralreisen und telepathische Fähigkeiten sind auch in dieser Königsklasse anzusiedeln. Jeder lernt in der Spiritualität, in seinem eigenen Tempo zu wachsen. Ich habe plötzlich entdeckt, dass ich mich unsichtbar machen kann. Ich habe erfasst, dass ich es kann, aber ich habe nicht wirklich ergründen können, WIE ich es mache, sondern nur, WAS ich mache. Es geht darum, dass man sich in einer anderen Frequenz bewegt als sein Umfeld. Aber bei mir ist es so, dass ich es eher spontan mache, ohne das WIE zu begreifen. Aber es wäre toll, das WIE zu ergründen und es jederzeit abrufen zu können. Jetzt hilft mir das Unterbewusstsein. Echte Magie (nicht nur eine billige Zaubershow) ist möglich. Selbstheilung hilft dir, für immer gesund zu bleiben. (In meinem Werk „Nie wieder Krank – Bleib für immer Gesund & die Lügen der Pharmaindustrie" zeige ich dir, wie du dieses Ziel, für immer gesund zu bleiben, erreichen kannst.)

Es lohnt sich, meine Werke zu lesen. Sie ergänzen sich und lassen dich immer Neues entdecken.

Wenn du die richtige Mutter wählst und die Hure Babylon verlässt, öffnen sich dir also Welten, die großartig sind. Du lernst deine wahre Herkunft kennen, wer du bist und woher du kommst. Das mag vielleicht auch beängstigend sein. Dann lerne, dich der Angst zu stellen. Denn die Angst ist ein schlechter Ratgeber. Du wirst durch die Angst klein gehalten. Die Religionen haben die Menschen durch Angst regiert. Und ich halte die Bibel durchaus für ein Buch, das viele Weisheiten enthält. Aber sie fördert auch Angst, indem sie vom strafenden Gott erzählt, was ein Widerspruch zur Liebe Gottes ist, der durch Christus gelehrt wird. Die griechischen Schriften und Evangelien sind dennoch mit einem strafenden Gott verbunden. Ich durfte mit der Zeit verstehen, dass die Zehn Gebote Befehle sind, die die Menschen dazu anregen, genau das zu tun, was eigentlich in keinerlei Hinsicht gewünscht wird. Weil der Mensch ein geistiges Wesen ist, das Wörter wie NICHT nie versteht.

Als Beispiel: **„Du sollst NICHT töten."** Der Geist versteht aber: **„Du sollst töten."** Die Verwendung von **„du sollst"** ist ein Hinweis auf **einen Befehl**. „Du sollst deinen Nächsten lieben wie dich selbst" ist auch ein Befehl. Fällt dir der Unterschied auf? Das Wort NICHT wird keinesfalls gebraucht.

Die ursprünglichen 10 Gebote waren sowieso anders. Ich durfte mich mit der Akasha-Chronik (einige nennen es das **Morphisches Feld**[7], vielleicht kennst du einen anderen Begriff) verbinden und die wirklichen 10 Gebote erfahren.

1. Gebot: Du bist der einzige Gott. Über dir stehen keine anderen Götter, die dir schaden. Du bist ewig mit der Quelle verbunden.

2. Gebot: Dein Name ist heilig. Du bist einzigartig. Du bist „ICH BIN". Durch Bewusstsein definierst du dich. Du bist alles und eins.

---

7 Das Morphische Feld und die Akasha-Chroniken sind ein und dasselbe. Man kann sie mit einer großen Bibliothek vergleichen, deren Inhalte jeder Mensch abrufen kann. Es wird gerne als *Hypothetisches Feld* beschrieben. Der britische Biologe Rupert Sheldrake hat diese Entdeckung gemacht. (In Filmen wie „Star Wars" wird es als *umfassende Macht* beschrieben. In der Bibel ist es *der Geist*.)

3. Gebot: Du bist die Wahrheit, der Weg und das Licht. Füge keinen Schaden weder anderen Wesen noch dir selbst zu. Gehe achtsam mit der Schöpfung um.

4. Gebot: Du sollst weder töten noch lügen. Du sollst deinen Nächsten lieben wie dich selbst.

5. Gebot: Ehre und achte jedes Lebewesen und enthalte nie das Gute vor. Ehre deinen Vater und deine Mutter.

6. Gebot: Begehre, allen Reichtum und Fülle zu erfahren, und teile dies mit den Menschen und Tieren, denn Fülle und Reichtum sind dein Recht. Du sollst alles begehren, alle Lebewesen fördern und nie vorenthalten.

7. Gebot: Sei fruchtbar und wachse. Du sollst deine Fähigkeiten zum Wohle aller einsetzen. Du sollst dich fortpflanzen.

8. Gebot: Du sollst dich selbst ermächtigen. Dein Wille soll geschehen – wie im Himmel so auch auf der Erde.

9. Gebot: Du sollst nie stehlen.

10. Gebot: Liebe viele Weiber und schenke Leben. Du sollst das Leben wählen. Erschaffe deine Realität, die es lebenswert macht, darin zu leben.

Vielleicht hast du ähnliche Erfahrungen gemacht, wenn du dieses Feld befragst. Versuch es einmal! Solltest du andere Worte erfahren, dann schreibe sie auf.
 Es war für mich sehr spannend, diese Worte so zu erfahren, und diese Gebote sind viel schöner, liebevoller und halten uns in keiner Weise klein oder in Angst. Denn die Zehn Gebote in der Bibel führen dazu, dass wir Angst haben, dass, wenn wir die Gebote richtig befolgen, wir dann gestraft werden oder eine Sünde begehen.

Denn Fehler oder „Sünden" sind eine Motivation, um zu lernen, uns zu verbessern. Sünden kann auch bedeuten, ein Ziel zu verfehlen. Wenn wir im Bogenschießen das Ziel verfehlen oder darüber hinausschießen, lernen wir durch gute Technik den Bogen so zu nutzen, dass wir das Ziel treffen.

Deswegen beginnen Affirmationen und Suggestionen mit „ICH BIN". Denn die Worte ICH BIN sind sehr mächtig. So ermöglichen wir Menschen, alles zu erschaffen.

So kann ein Gebot statt mit der Befehlsformel „du sollst" einfach auch mit „ICH BIN" begonnen werden.

ICH BIN der einzige Gott und über mir habe ich keine anderen Götter, die mir schaden.

ICH BIN: Das ist mein Name und dieser ist mir heilig.

ICH BIN Liebe und deswegen liebe ich alles und jeden.

ICH BIN die Wahrheit, das Leben und der Weg.

ICH BIN mit allem verbunden und ich bin eins mit allem.

ICH BIN in allem ehrlich.

ICH BIN Frieden.

ICH BIN bereit, zu wachsen und Leben zu schenken.

ICH BIN gerne mit anderen Wesen zusammen.

ICH BIN gerne durch Sex vereint.

Es gilt generell: Affirmationen, die mit „ICH BIN" beginnen, sind machtvoller und bringen eine kraftvolle Realität hervor.

Die Aussage von Jesus „Ich bin der Weg, die Wahrheit und das Leben" wurde von Christen jedweder Konfession falsch verstanden. Es geht darum, dass jeder Mensch Christus' Bewusstsein erlangen darf, nein vielmehr erlangen muss. Dass man nur durch Christus zu Gott kommt, stimmt keineswegs. Das ist ein engstirniger Gedanke. Nur durch das Christus-Bewusstsein wird man der Gott oder das göttliche Individuum, das der Mensch seit jeher immer war. Durch das Vergessen und bewusste Kleinhalten der Sinne und durch die Veränderungen an unserer DNA sind wir in ein Sklaven-Dasein geraten.

Unsere DNA (DNS) bestand bis Mitte 1995 aus insgesamt 12 Strängen, von denen 2 Stränge auch in der dichten physischen Materie existieren. Im Jahr 1996 hat sich in Vorbereitung für die Aufstiegsenergien der 13. Strang gebildet.

Die 2 DNA-Stränge, die bisher von der Wissenschaft entdeckt wurden, reichen also bis in die für alle sichtbaren physischen Welt hinein.

Weitere 10 DNA-Stränge befinden sich auf der ätherischen und im oberen Schwingungsbereich der astralen Ebene. Diese 10 DNA-Stränge haben sich in der Abstiegszeit in die Tiefen der Dualität und der dichten Materie zunehmend deaktiviert bzw. in ihrer Funktion beschränkt. Die Ursache hierfür war die abnehmende Verbindung der Menschen zu ihrem eigenen „Höchsten Ursprung", ihrem eigenen göttlichen Selbst und ihrer Seele.

In der 288.000 Jahre währenden zyklischen Abstiegsperiode gab es, vor allen im letzten Zyklus, hauptsächlich Manipulationen an der physischen 2-Strang-DNA (überwiegend von den Anunnakis und in geringerem Ausmaß auch an den anderen 10 DNA-Strängen).

Der 13. DNA-Strang wurde notwendig, um den Aufstiegsprozess der Menschheit vorzubereiten. Der 13. Strang zieht sich durch die anderen 12 hindurch und gewährleistet die Möglichkeit der Verbindung mit dem eigenen „Höchsten Ursprung" eines Menschen. Erst dadurch sind auch der Aufbau und die Aktivierung des Lichtkörpers möglich geworden.

Die 12-Strang-DNA und auch die 13-Strang-DNA (die keine Doppelhelix-Form haben) sind in erster Linie Sende- und Empfangsstationen von auf höheren Ebenen gespeicherten Informationen und dem entsprechenden Informationsaustausch.

Dadurch, dass ich angefangen habe, als Kind meinen himmlischen Vater zu suchen, habe ich begonnen, mich mit dem Göttlichen zu verbinden. Ich hatte mit zwölf Jahren ein Bibelverständnis und theologisches Wissen, das die meisten Theologen in meiner Umgebung in Erstaunen versetzte. Unbewusst habe ich also begonnen, die 12 DNA-Stränge aufzubauen, ohne dass ich darüber vor dem Jahr 2023 je etwas gewusst hätte. Seit 2018 verstehe ich, dass mein Name Shogun Peter aus dem Hause Wehrli ist. Ich habe von 2017 bis 2023 größere Entwicklungen in spiritueller Hinsicht gemacht als in den Jahren davor.

Ich habe 2020 meine telepathischen Fähigkeiten entdeckt. Ebenso durfte ich erkennen, dass ich mich unsichtbar machen kann. Ich erlernte Tarot und die Vedische Astrologie. Darüber hinaus entdeckte ich meine medialen Fähigkeiten, die Magie und die Kräuterheilkunde. Seit 2008 bin ich befähigt, Selbstheilung zu praktizieren. Durch die Schauspielerei habe ich eine Verbindung zu meinem inneren Kind hergestellt. Ich lernte, mich zu erinnern, woher ich komme und wer ich bin. Allein mein Name Shogun bedeutet „der göttliche Drache" oder „Drachengott", Peter bedeutet „der Fels" und Wehrli hat die Bedeutung „Wächter des Heeres" oder „Bewahrer von heiligen Dingen".

Wobei: Ich stehe ganz am Anfang meiner Erkenntnis und habe noch einen weiten Weg vor mir, um meine Fähigkeiten auszubauen. Seit ich die organisierte Religion verlassen habe, bin ich spirituell enorm gewachsen.

Das Verlassen und Auflösen von Religion führen zur Wahrheit und diese Wahrheit führt zur Freiheit. Die Freiheit beginnt mit der Erkenntnis, dass du nie der Denker bist. In dem Augenblick, in dem du den Denker zu beobachten beginnst, wird eine höhere Bewusstseinsebene aktiviert. Du erkennst, dass es einen unendlich großen Intelligenzbereich jenseits des Denkens gibt, von dem das Denken nur ein winziger Bruchteil ist. Du beginnst, zu erwachen.

Erwachen bedeutet, nie ausgelernt zu haben. Ebenso bedeutet Erwachen, Dinge zu sehen und verstehen zu dürfen, die in einem sind. Es ist überströmend. Jesu Worte machen wirklich Sinn, als er sagte: „Ich bin das Wasser ewigen Lebens." Als ich die Bibel zu verstehen begann, wurde es meine Absicht, dass ein jeder das wissen muss. Das hat sich in keiner Weise verändert. Heute noch möchte ich mein neues Wissen mit dir teilen.

Die Religionen, sprich die Hure Babylon (die Große), brachte Blutvergießen. Andersdenkende und vegane Menschen wurden verfolgt. Die Kräuterheilkunde wurde durch die Hexenverbrennungen beinahe ausgelöscht. Die Selbstheilung und diverse Energien wurden aus dem Gedächtnis der Menschen gelöscht.

Ich habe selber lange gebraucht, um zu verstehen, was Jesu Aufruf bedeutet. Heute möchte ich dieses Wissen teilen sowohl mit Menschen, die dies erkannt haben, aber vielmehr noch mit Menschen, die noch in Religionen gefangen sind.

Die neue Erkenntnis breitet sich aus und ich möchte mithelfen, dieses Wissen unter die Menschen zu bringen. Ich hoffe, mit diesem Werk deinen Horizont erweitert zu haben.

Dein Shogun

WORTE UND ERKLÄRUNGEN (GLOSSAR)

Lady Sheyana: die Göttin Gaja, unsere Erde. Es handelt sich um ein Wort aus meiner Lichtsprache der Plejaden. Auch findet es sich in den Sprachen einiger Ureinwohner Amerikas wieder. Der Planet Erde ist nämlich weiblich.

Plejaden: ein Sternenvolk und gleichzeitig ein Sternenbild. Die Plejaden sind ein Sternhaufen in der Nähe des Sternzeichens Stier. Aldebaran ist ein Fixstern (wird in der *„Star Wars-Saga"* vom Todesstern zerstört) und ist wie die Plejaden immer noch am Sternenhimmel ersichtlich. Mit den **Anunnaki** und den Atlanten **(Arier)** gehören auch die Plejaden zu den Sternenvölkern, welche die Menschen Elohim („Götter") nannten. Die Plejaden hatten ursprünglich eine blaue Hautfarbe (so wie es im Film *„Avatar"* und in der Kinderserie *„Die Schlümpfe"* gezeigt wird). **Die Tataren** und Arier sind die Söhne Japhets, des Nachkommen Noahs. Die Slaven und andere europäische Völker sind daraus hervorgegangen. Plejaden sind oft weiße Menschen mit blonden Haaren und blauen Augen oder einige wie ich mit braunen Haaren und braunen Augen.Die viel Wissen haben als Großmeister die uns Menschen Helfen. Michael Tellinger beschreibt in seinem Werk ***„Sklavenrasse der Götter – Die geheime Geschichte der Anunnaki und deren Mission auf der Erde"*** diese Entwicklung ausführlich, indem er auf archäologische Funde (etwa in Form von Steintafeln) verweist, die wiederum die Geschichte von Edin (Eden) beschreiben. Wer bereit ist, Recherchen vorzunehmen, wird erkennen, dass die Geschichte, ob jetzt bewusst oder unbewusst, gefälscht wurde. Zumindest wurde in der Schule nie etwas über die Tataren und Plejaden unterrichtet. In der japanischen Kultur wird mein Volk **Subaru** genannt. Es ist Fakt, dass jeder Mensch, der auf der Straße einen Subaru sieht, auch einen Hinweis auf unser Volk sieht. Es beginnt die Zeitepoche, wo die Menschen vermehrt von uns hören werden.

Kundalini: Ein Wort aus dem Sanskrit, das „gewundene Schlange" bedeutet. Sie ist an der Wirbelsäule entlang angelegt und verbindet die Chakren. In der Kinderserie „*Dragon Ball*" werden die Chakren als Kugeln symbolisch dargestellt, die den Drachen Jenglong hervorrufen können. Und der Drache erfüllt dann einen Wunsch. In unserem Fall sind es die sieben Chakren und durch den Aufstieg der Kundalini-Schlange sind wir in der Lage, zu manifestieren und unsere Wünsche zu erfüllen.

Alle Geschichten in Filmen und Büchern und den Steintafeln beherbergen das Wissen, dass der Mensch ein göttliches Wesen und viel mächtiger ist, als er sich dessen bewusst sein kann. Im Film „*Das fünfte Element*" wird der Hinweis geliefert, dass der Mensch ursprünglich im Besitz von 12 DNA-Strängen war. Diese Erkenntnis wird wissenschaftlich in der Biologie und Philosophie nachgewiesen.

Dimension: Es gibt Parallelwelten und mehre Erden gleichzeitig und alles im Hier und Jetzt. Die Bibel beschreibt es bildlich als *Himmelsleiter*. Unser Planet ist im Aufstieg, und deswegen sehen wir die großen Veränderungen so schnell im Außen. In der spirituellen Welt sprechen wir auch von *Portaltagen*. Diese Portale dienen den Menschen, in andere Welten zu reisen.

Matrix: Das holografische Weltbild besteht nur aus Schwingungen. Beachten Sie die Worte von Morpheus aus dem Film „*Matrix*": „Die Matrix ist allgegenwärtig, sie umgibt uns, selbst hier ist sie, in diesem Zimmer. Du siehst sie, wenn du aus dem Fenster guckst oder den Fernseher anmachst. Du kannst sie spüren, wenn du zur Arbeit gehst. Oder in die Kirche, und wenn du deine Steuern zahlst. Es ist eine Scheinwelt, die man dir vorgaukelt, um dich von der Wahrheit abzulenken."[8] Die Matrix ist sozusagen unser Spielfeld, damit wir Materie erleben können. Paulus selbst spricht im 2. Korinther Brief (12. Kapitel, Vers 2-4) vom *dritten Himmel*. Die 3. Matrix ist die heutige Welt, die sich im Aufstieg in die 5. Dimension befindet. Die erste war Edin (Eden).

---

8 Die Brüder Wachowski (1999): *Matrix* (Film), USA: Warner Bros.

QUELLENVERZEICHNIS

Die Brüder Wachowski (1999): *Matrix* (Film), USA: Warner Bros.

Kundalini. In: *Wikipedia*. Zuletzt bearbeitet am 20. Oktober 2022. https://de.wikipedia.org/wiki/Kundalini. Letzter Zugriff: 15.09.2023.

Paul Tholey: *Klarträume als Gegenstand empirischer Untersuchungen*. In: *Gestalt Theory*. 2, 1980, S. 175–191 (S. 175 f.). Vgl. hierzu auch die populärwissenschaftliche Publikation von Tholey: Paul Tholey, Kaleb Utecht: *Schöpferisch träumen*. 3. Auflage. Klotz, Eschborn 1997, S. 61 f. (Zitiert nach und entnommen aus: https://de.wikipedia.org/wiki/Klartraum, letzter Zugriff am 15.09.2023.)

Bewerten Sie dieses Buch auf unserer Homepage!

www.novumverlag.com

Der Autor

Shogun Drachengott, auch bekannt als Shogun Peter aus dem Hause Wehrli, wurde 1973 in der Schweiz geboren. Nach Besuch der Real- und Berufsschule wirkte er in verschiedenen Bereichen: als Gärtner, Küchenmitarbeiter, Theologe, Schauspieler und Philosoph.

In seiner Freizeit widmet sich der Autor gerne dem Schachspiel, Radfahren, Schwimmen, Lesen und natürlich dem Schreiben. Im Laufe der letzten Jahre hat er sich ausgiebig mit Kräuterheilkunde und Magie beschäftigt.

Sein theologisches Wissen und die philosophische Reflexionsgabe, die er tagtäglich in seiner Praxis als spiritueller Coach zur Anwendung bringt, stellt er eindrucksvoll in seinem Erstlingswerk „Du bist der Sohn einer Hure" unter Beweis.

Das erklärte Ziel des Autors ist, seine Leserschaft darin zu unterstützen, neue Erkenntnisse zu gewinnen. Dabei gibt er keine vorgefertigten Antworten vor, sondern motiviert einen, diese selbst zu finden.

novum VERLAG FÜR NEUAUTOREN

Der Verlag

„ *Wer aufhört besser zu werden, hat aufgehört gut zu sein!*

Basierend auf diesem Motto ist es dem novum Verlag ein Anliegen, neue Manuskripte aufzuspüren, zu veröffentlichen und deren Autoren langfristig zu fördern. Mittlerweile gilt der 1997 gegründete und mehrfach prämierte Verlag als Spezialist für Neuautoren in Deutschland, Österreich und der Schweiz.

Für jedes neue Manuskript wird innerhalb weniger Wochen eine kostenfreie, unverbindliche Lektorats-Prüfung erstellt.

Weitere Informationen zum Verlag und seinen Büchern finden Sie im Internet unter:

www.novumverlag.com